KAT

lily

Te Quiero 2019
Sara !

Sara

RBA MOLINO

Texto: Pau Clúa Sarró.
Ilustraciones: Lidia Fernández Abril.
© de esta edición: RBA Libros, S.A., 2018.
Avda. Diagonal, 189 - 08018 Barcelona.
rbalibros.com

Diseño de la colección: Compañía.

Primera edición: marzo de 2018.

RBA MOLINO
Ref.: MONL427
ISBN: 978-84-272-1327-2
Depósito legal: B-1.809-2018

Impreso en España - *Printed in Spain*

SUPERMASK

Olivia y el misterio del Panda de Jade

RBA

1

Las siete
en punto

¿Hay algo peor que empezar las clases un lunes a las siete de la mañana en la Poderosa Escuela de Talentos Sobrenaturales, conocida internacionalmente como PETS?

¡Por supuesto que sí!

Y es empezar las clases un lunes a las siete de la mañana con Miss Bífida, la profesora más dura, más seria,

07:00

más estricta, más viperina y mejor vestida de la escuela.

Como cada lunes, todos los alumnos con poderes de animales han llegado puntuales.

—¿Emma? —pasa lista la profesora.

—Emma, poder del guepardo, presente.

—¿Kat?

—Kat, poder de la libélula, presente y dispuesta a volar, Miss Bífida.

—¿Lily?

—Lily, delfín nadador, presente.

—¿Olivia?

Silencio.

—¿Olivia?

SILENCIO.

—Olivia todavía no ha llegado, Miss Bífida —responde Sophia—. Creo que...

—Ssssophia, poder del camaleón, ¿verdad? —pregunta Miss Bífida arrastrando las eses como una serpiente.

—Sí, Miss Bífida —responde Sophia, que se teme lo peor.

—Ssssupermassssk, ¿no essss cierto? —sigue preguntando la maestra.

—Sí, Miss Bífida —vuelve a contestar Sophia.

Todos los alumnos y profesores de la PETS saben muy bien quiénes son las Supermask. Pocos olvidarán cómo consiguieron hacerse con la Estrella del Superpoder.

Pero hoy no hay ni carreras ni concursos. Hoy es lunes, son las siete y cinco de la mañana y Miss Bífida vuelve a ponerle una X roja a Olivia porque vuelve a llegar tarde. Y es que Olivia siempre tiene taaaanto sueño...

—Kat —ordena la maestra—, vuelo esssstático. Emma, ssssalto.

En menos de nada, Kat se planta en medio de la clase y empieza a volar. Tiene que planear sin desplazarse ni un solo centímetro. Mientras tanto, Emma ha de saltar por encima de Kat sin tocarla, una y otra vez y lo más rápido posible. Si Kat se mueve, Emma choca con ella. Si Emma no salta muy alto, hará caer a Kat. Todos observan satisfechos y con la boca abierta lo bien que lo hacen las dos.

«Lástima que Olivia no esté aquí para verlo», piensa Lily. Y hablando de Olivia...

¡TOC, TOC, TOC!

—¿Se puede? —pregunta Olivia asomando la cabeza por la puerta. Está segura de que le va a caer otra bronca.

Pero la bronca todavía no cae. Quien se cae son sus amigas Kat y Emma, que, al oír el «toc, toc, toc» y el «se puede» han perdido la concentración y se han convertido, de golpe y porrazo, en íntimas amigas del suelo.

Miss Bífida no responde. Con la mirada ya es suficiente. Olivia, nerviosa, entra en clase.

—Olivia —dice al fin la maestra—. ¿Cuántasssss vecessss hassss llegado tarde a missss classssessss?

Olivia piensa un buen rato, pero sabe que la respuesta es muy fácil.

—¡TODAS! —explota finalmente Miss Bífida—. Desde que ha empezado el curso no has llegado puntual ni un solo día. ¿Te parece normal? ¿No te interesa lo que explico? ¿Dominas ya todos tus poderes de panda?

—Es que siempre me duermo —contesta Olivia, fijándose en que Miss Bífida no arrastra las eses cuando se enfada—. Y esta clase es taaaan temprano que....

—Ni que, ni co, ni cu. Si vuelves a llegar tarde, no hace falta que vuelvas.

—Pero...

—Ni peros ni peras. ¿Entendido?

—Sí, Miss Bífida.

La PETS con las luces apagadas

Durante la semana, Kat, Lily, Sophia y Emma hacen todo lo posible para ayudar a Olivia a no dormirse. La rocían con agua fría cada mañana, la llevan a rastras a las clases, la pellizcan cuando ven que se duerme donde no debe... pero no hay manera.

—Pues mañana vuelve a ser lunes, Olivia —comenta Emma.

—Lo sé —dice Olivia—, pero tengo una idea.

—¿Cuál? —pregunta Lily.

—Me voy a dormir ya —contesta Olivia contentísima.

—Pero ¡si son las cinco de la tarde! —exclama Kat—. Aún no hemos cenado, ni hecho los deberes, ni comentado cómo nos ha ido el día, ni...

—Por eso —explica Olivia—, si me duermo ahora, por la mañana no tendré sueño y no llegaré tarde a la classsse de Missss Bífida.

Dicho y hecho. Tras comerse su dosis de frutos secos y beberse un vaso de agua, Olivia se enfunda el pijama de panda y su antifaz de dormir (sí, ese que lleva dibujados unos ojos y que cuando se lo pone parece que esté despierta). Después, se mete en la cama mientras el resto de las Supermask la observan, entre divertidas e incrédulas, y siguen con sus deberes de prehistoria del superpoder animal.

—Lily —susurra Olivia a las dos de la madrugada—, no puedo dormir.

Ni caso.

—Lily, despierta. No puedo dormir —insiste Olivia.

—Vale ya. —Se despierta Lily, malhumorada—. Eres Olivia, tú duermes hasta de pie. ¡Déjame dormir!

Olivia, al ver que Lily no le hace caso, prueba con Kat.

Y con Emma.

Y con Sophia.

Pero claro, a esas horas todas las Supermask están dormidas como marmotas.

—Ten amigas para esto —murmura Olivia, mientras decide que lo mejor que puede hacer es irse a dar una vuelta por la escuela.

La PETS por la noche es increíble. Los pasillos, las clases, el comedor, todo, todo, todo está lógica y misteriosamente desierto. Las pantallas de las paredes y los techos están cubiertos por el «**modo noche**», o sea, por el cielo nocturno y estrellado. Los pasos de Olivia, aunque ha tenido la precaución de ponerse sus zapatillas en forma de garras de panda, resuenan en el silencio como si llevase grandes y pesados zapatones: fru, fru, clac, clac, fru, fru...

«¿Clac, clac?», se extraña Olivia. Y vuelve a comprobar que sus zapatillas solo hacen «fru, fru».

Pero lo oye de nuevo. ¡Vaya! Otra vez el «clac, clac» entre sus «fru, fru». Está claro que hay alguien más merodeando por la escuela.

—Ay, ay, ay. Con lo bien que estaría en mi camita... —susurra Olivia dispuesta a utilizar su superfuerza de panda si fuese necesario.

Todo lo silenciosamente que puede, Olivia se esconde en la entrada de uno de los despachos de los profesores y, desde la oscuridad, ve que una sombra se va acercando a su escondite. «Clac, clac». En cinco segundos habrá llegado a su escondite. En cuatro segundos la van a descubrir. En tres, Olivia se dispone a abalanzarse sobre su perseguidor. En dos, se prepara para saltar y....

5
4 3
2
. . .

—¿Lady Búho de Nieve? —pregunta Olivia sorprendida.

—Uy, Olivia, ¡menudo susto me has dado! —responde la directora de la escuela—. ¿Se puede saber qué haces despierta y paseando por la escuela a estas horas?

—Pues... —responde Olivia—, es que no puedo dormir.

—Qué raro, ¿verdad? Siempre nos pasamos el día durmiendo y míranos, de juerga por la escuela a las tantas de la noche.

—Pues sí —contesta Olivia—. Por cierto, me encanta esta bata blanca llena de estrellas.

—Oh, gracias querida —dice Lady Búho de Nieve—. Y a mí me encantan tus zapatillas.

Aclarado el asunto y cogidas del brazo, la directora del colegio y Olivia siguen paseando por la escuela. En silencio, entran en el comedor repleto de estrellas, salen al gran patio y, al «fru, fru» y «clac, clac» de sus zapatos, se les une el «cri, cri» de los grillos. En pocos minutos llegan a la puerta de la entrada y justo allí descubren un paquete.

—¡Qué extraño! —comenta la directora—. Esto no tendría que estar aquí.

—¿Esperaba alguna entrega? ¿Qué hay en ese paquete? —pregunta Olivia.

—Pues, ni idea —contesta la directora.

—¿Lo abrimos?

—Será lo mejor. Si no, no sabremos nunca lo que hay en él, ¿no crees, Olivia? Y tú y yo somos muuuuy curiosas.

3

Un paquete misterioso

Con cuidado, y bajo la atenta mirada de Lady Búho de Nieve, Olivia desenvuelve el paquete y descubre un panda de color verde del tamaño de una calabaza con unas letras inscritas.

—¡Anda, un panda! —dice Olivia sorprendida de la rima.

—¿Y quién nos manda un panda? —pregunta Lady Búho de Nieve, volviendo a rimar.

—Parece de jade, ¿verdad? —pregunta Olivia—. ¿Y qué significa «S. V.»?

—¿Un panda de jade? —murmura la directora—. ¿S. V.? ¿De qué me suena?

Lady Búho de Nieve coge el panda y examina las letras misteriosas. Le suena haber oído hablar de un panda de jade, pero no recuerda ni dónde, ni cuándo, ni por qué.

—Y ahora ¿qué hacemos? —pregunta Olivia—. ¿Subimos corriendo a la Torre del Reloj?

—No, no —contesta la directora—, mejor vuelve a tu habitación a ver si puedes descansar un poco. Dentro de un par de horas tienes clase, ¿verdad?

¿¿SV??

—Verdad.

Dicho esto, la directora, con el panda bajo el brazo y preguntándose todavía de qué le suenan las letras S y V, se dirige a su habitación. Olivia, aunque no tiene ni pizca de sueño, también se va a la suya. Dos horas más tarde, las Supermask se despiertan y ven que Olivia no está en la cama. ¡Qué raro! Pero si siempre es la última en levantarse.

Cuando Miss Bífida llega a clase, descubre sorprendida que Olivia ya está allí.

—Veo que empiezasss a tomarte en ssserio misss classsesss —afirma la maestra serpiente.

—Claro, Miss Bífida —contesta Olivia—. No sé qué me pasa, pero hoy no tengo ni pizca de sueño. ¿Podré empezar con los ejercicios? Si quiere, puedo participar en todos, así recupero puntos.

—Poco a poco, Olivia. Primero tienen que llegar tussss compañerosss —contesta la profesora, que intuye que pasa algo raro.

A las siete en punto, el resto de los alumnos ya está en clase.

—¿Dónde te habías metido? —le pregunta Kat a su amiga.

—Por aquí y por allí —responde Olivia—. Es que no tenía sueño.

Que Olivia diga «Es que no tenía sueño» le suena a Kat como si le dijeran que el sol no ha salido o que los pájaros no vuelan: IMPOSIBLE. El caso es que esa primera clase confirma que Olivia ni tiene sueño ni parece que se canse nunca. La chica panda participa en todas las pruebas y nadie puede con ella. En una carrera contra Emma guepardo, Olivia la gana en cuatro zancadas. Bajo el agua, consigue superar a su amiga Lily delfín. También logra levantar con un solo brazo a ¡¡Kat, Sophia y una docena de libros!!

«Increíble», piensa Miss Bífida, que ahora ya tiene claro que algo no va bien.

Durante el resto de las clases, más de lo mismo. En la clase de educación física, nadie puede superar a Olivia, aunque todos lo intentan. En la clase de historia de los poderes sobrenaturales, Olivia no para de hacer preguntas, y Lady Búho de Nieve, que parece tener la misma energía que ella, no para de responderlas.

—¿Vamos a correr? ¿Subimos a la torre? ¿Vamos a nadar a los arrecifes? ¿Una carrera rapidita hasta el bosque?

Kat, Lily, Sophia y Emma no pueden más. Es imposible seguir el ritmo de esta «nueva» Olivia.

Durante la semana todo sigue igual. O peor. Tanto Lady Búho de Nieve como Olivia llevan ya varios días sin dormir y no parece que tengan ninguna intención de descansar. Las Supermask están desesperadas y empiezan a investigar qué está pasando. Aunque no es fácil averiguarlo.

—Aprovechando que Olivia no está —propone Emma—, ¿no podríamos dormir un poquito?

—No —contesta Kat—. Tenemos que descubrir qué está pasando y lo tenemos que descubrir ¡YA!

—¿Cuándo empezó todo? —pregunta Sophia desde la cama—. ¿Alquien lo recuerda?

—Hace cinco noches, cuando no podía dormir y se topó con Lady Búho de Nieve deambulando por la escuela.

—Fue la noche en la que encontraron la misteriosa figura del panda , ¿verdad? —recuerda Emma.

—¡Exacto! —exclama Kat—. El panda es la clave.

—¿La clave de qué? —pregunta Sophia.

Justo en ese momento, Lily entra en la habitación como un torbellino con un libro antiguo en las manos, y grita:

—¡¡La clave de todo!!

4

El Panda de Jade

Lily abre el libro y muestra el dibujo de una pequeña figura en forma de panda igual que la que encontraron Lady Búho de Nieve y Olivia.

—Escuchad —dice Lily mientras empieza a leer—: «El Panda de Jade es famoso por sus poderes sobrenaturales. Esta misteriosa escultura, tallada por los monjes del Palacio de Jade, proporciona energía infinita a todas las personas que poseen poderes de panda y también a todos los que tienen tendencia a quedarse dormidos: búhos, marmotas, lirones, etcétera».

—¡Ahora se entiende todo! —exclama Kat.

—Hay más. —Lily prosigue con la lectura—: «El Panda de Jade debe utilizarse con precaución. Nadie debe exponerse demasiado tiempo a sus poderes y nunca debe estar fuera del Palacio de Jade más de SIETE DÍAS».

—¿Y ssssi passsssan mássss de ssssiete díasssss? —pregunta una voz muy conocida desde la puerta de la habitación.

Miss Bífida, que no ha podido evitar oír lo que decían las Supermask, entra en la habitación para ver qué han descubierto.

—«Si pasan más de siete días» —continúa leyendo Lily—, «los poderes serán irreversibles y nunca más podrán descansar, ni dormir, ni soñar, ni ponerse esos pijamas y antifaces tan chulos que tienen».

—¡¿Qué?! —exclama Sophia—. ¿Os imagináis a Olivia siempre con esa energía?

—Y no solo eso —continúa Lily—. Pasados los siete días se vuelve contagioso. ¿Os imagináis a todo el mundo así?

—No essssstaría mal —opina Miss Bífida—. Assssí nadie llegaría nunca tarde a missss classessss —añade con una sonrisa.

Lo cierto es que tienen que encontrar a Olivia y a Lady Búho de Nieve YA.

—Por cierto —pregunta Kat—, ¿alguien sabe dónde se han metido?

Las Supermask, en compañía de Miss Bífida, empiezan a buscarlas. En los despachos no están. En el comedor tampoco. Ni en el gimnasio. No están en ninguna parte y nadie las ha visto, pero justo cuando están a punto de darse por vencidas...

—¡Allí! —dice Emma señalando la Torre de la Estrella.

Así es. Lady Búho de Nieve y Olivia están en la torre jugando a ver quién es más rápida subiendo y bajando las escaleras.

—Esto acabará fatal —opina Sophia.

Cuando llegan, hacen todo lo posible para que se detengan, pero no lo logran hasta que Miss Bífida pisa con su largo bastón la capa de Lady Búho de Nieve y las cuatro Supermask se lanzan sobre su amiga panda.

—¿Qué pasa? —pregunta la directora

—¡Estaba a punto de ganar! —se queja Olivia.

—Tenemossss que hablar —les dice Miss Bífida, muy seria.

Ya en el despacho, con Olivia mordiéndose las uñas y Lady Búho de Nieve moviendo el pie incansablemente, Miss Bífida y las chicas les explican lo que han descubierto.

—¡Claaaaro! —exclama Lady Búho de Nieve—. Ahora me acuerdo. «S. V.» significa «Semper vigilantibus», o sea, ¡¡siempre despiertas!!

—¿Por eso tenemos tanta energía? —pregunta la chica panda.

—Exacto —contesta Miss Bífida.

—¡Qué guay! —exclaman al unísono la directora y Olivia.

—¡¡¿Qué guay?!! —gritan sorprendidísimas las demás.

Tras explicarles lo que saben sobre el Panda de Jade, directora y alumna ya no están tan contentas. Les encanta no dormir tanto como antes y tener una energía infinita, pero, claro, estar así siempre y que se contagie a todo el mundo, tampoco es plan, ¿no?

—No —contesta el resto—. No es plan.

—Entonces ¿qué hacemos? —pregunta Olivia—. ¿Alguien tiene alguna idea?

Nadie contesta.

Al cabo de unos segundos es Lady Búho de Nieve quien, haciéndose cargo de la situación, asegura:

—Solo hay una solución.

—Exacto —coincide Miss Bífida—. Tenemossss que devolver el Panda al Palacio de Jade. Inmediatamente.

—¿Y el palacio dónde está? —pregunta Kat.

—Más allá del Lago Encantado y del Bosque del Millón de Raíces —contesta Kat, que lo ha leído en el libro que Lily ha traído de la biblioteca—. Tras las Montañas de la Luna Creciente, ¿verdad?

Verdad. Para llegar al PALACIO DE JADE es necesario caminar todo un día, dormir, si puede ser, en las cuevas de la montaña y caminar un par de horas más.

—¿Y quién va a llevar hasta allí el Panda de Jade? —pregunta Olivia.

La respuesta es evidente. Kat, Emma, Sophia, Lily y claro, Olivia, se miran, sonríen, asienten y a coro gritan:

—¡¡LAS SUPERMASK!!

A Miss Bífida le parece bien. A Lady Búho de Nieve, que tiene prisa por acabar la reunión y empezar a hacer flexiones, también. Así pues, ¡decidido!

—Lo que todavía no entiendo —dice Lady Búho de Nieve entre flexión y flexión— es por qué el panda ha aparecido en nuestra escuela.

—¡Qué más da! —contesta Olivia eufórica—. ¡Es monísimo! ¿Cuándo nos vamos? ¿A qué hora salimos? ¿Por qué el panda tiene el dibujo de un escorpión?

Acto seguido, la directora deja de moverse y Miss Bífida quita a Olivia el panda de las manos.

—Essss cierto —constata la maestra serpiente—. Hay un esssscorpión.

—Lo que faltaba —murmura Lady Búho de Nieve—. Todo esto es obra del malvado KRAN.

5

¡En marcha!

Nada más salir el sol, las Supermask ya están listas para el viaje.

El hecho de que haya aparecido la marca de Kran, el profesor que fue expulsado de la escuela y que juró vengarse, no cambia las cosas. Bueno, un poco. Tendrán que ir con más cuidado.

—Somos perfectas para esta misión —asegura Olivia sin parar de moverse—. Somos amigas, tenemos superpoderes, ganas de aventuras e iremos por donde haga falta para...

—¡Silencio! —grita de pronto Miss Bífida—. Si Kran ha enviado el panda a la escuela es que algo trama. Seguro que hay gato encerrado.

—No —dice Olivia, que vuelve a observar que cuando Miss Bífida se enfada, pronuncia muy bien las eses—, gatos encerrados no hay. Tenemos búhos, guepardos, libélulas...

Pero Miss Bífida no parece estar para muchas bromas. Afortunadamente, después de respirar hondo y contar hasta sesenta y seis, les dice:

—No debéisss ssssepararosss nunca. Tendréisss que dormir...

—¿Dormir? Ni hablar —se queja Olivia—. Uy, perdón.

—Tendréissss que dormir —repite Miss Bífida— en lassss cuevassss de lassss Montañassss de la Luna Creciente. Nunca en el Bossssque del Millón de Raícessss. ¿Entendido?

—¿Un millón? —pregunta Kat—. Interesante...

—Un millón, un millón... —interviene Olivia—. ¿Alguien las ha contado todas? ¿Y por qué no podemos...?

—No podéis dormir en el Bosque del Millón de Raíces —repite la maestra serpiente, de repente mucho más seria—. ¿EN-TEN-DI-DO?

—¡Entendido! —exclaman las Supermask.

Tras estos consejos, Olivia, Kat, Emma, Lily y Sophia emprenden el viaje. Las dos profesoras observan como sus alumnas atraviesan la

gran puerta de entrada de la escuela y descienden por la Gran Avenida de Animal City.

—¿Lo lograrán? —pregunta Lady Búho de Nieve, mientras hace la vertical.

—Sssseguro que ssssí —contesta Miss Bífida—, aunque todavía no lo ssssepan, sssson lassss cinco chicassss mássss poderossssasssss que he vissssto en mucho tiempo. Y tienen dossss cosssssasssss a favor.

—¿Cuáles? —pregunta Lady Búho de Nieve entre abdominal y abdominal.

—Ssssu amisssstad y el **trabajo en equipo**. Mientras tanto, las cinco Supermask caminan a buen ritmo. La ciudad todavía duerme y poco se imaginan sus habitantes que las chicas con poderes de guepardo, delfín, camaleón, libélula y panda están a punto de vivir...

—¡LA MAYOR AVENTURA DE NUESTRAS VI-DAS! —exclama Olivia eufórica.

Al poco rato las Supermask ya están en las afueras. Cruzan el antiquísimo río de piedra y siguen el camino hacia el Lago Encantado. Todo va bien. Bueno, bien bien tampoco es que vaya. Olivia no para quieta.

—Emma, ¿hacemos una carrera hasta el lago?

—No, Olivia. Tenemos que reservar fuerzas. Pero Olivia corre. Y salta. Y nada. Y no para de comer frutos secos.

A media mañana, las Supermask, cansadísimas (menos Olivia, claro), llegan al Lago Encantado. Aquí Lily se baña para nadar un poco con sus amigos, los peces.

—¿No os bañáis? —pregunta Lily a sus amigas—. El agua está buenísima.

—Nosotras no —responden Kat y Emma—. Prepararemos algo para comer.

—Yo sí. Me muero de calor —dice Sophia—, pero no le digáis a nadie que mi bañador no combina con mis chanclas, ¿vale?

La que también se baña, y a lo grande, es Olivia. Persigue a todos los peces, se sumerge hasta el fondo del lago y chapotea tanto y tan fuerte que a punto está de empapar las ensaladas que Kat y Emma acaban de preparar.

—¡A comeeeer! —dicen Kat y Emma.

Después de la comida y antes de emprender de nuevo el camino, las cinco Supermask... bueno, las cuatro, deciden hacer una siestecita. Olivia se va a investigar por los alrededores.

Pasan los minutos. Una hora. Dos horas y las chicas no se despiertan. Tantos días sin descansar les están pasando factura. Al cabo de un buen rato, Emma se despierta y despierta también a sus amigas.

—Chicas, llevamos demasiado rato durmiendo. Tendríamos que irnos ya si queremos llegar a las cuevas antes de que anochezca.

Efectivamente. Si quieren dormir esta noche en las cuevas de las Montañas de la Luna Creciente tienen que darse prisa. Kat, Emma, Lily y Sophia lo recogen todo y se disponen a ponerse en marcha, pero...

—¿Y Olivia? —pregunta Sophia.

6

Una noche para valientes

Olivia no aparece. No está nadando, ni subida a ningún árbol, ni persiguiendo conejos, ni buscando comida. No está en la orilla del lago, ni en el puente que lleva a Animal City, ni en el camino hacia las montañas. Se ha esfumado por completo.

—¿Y ahora qué? —pregunta Sophia.

—No podemos irnos sin ella —responde Lily.

La siguen buscando. Y la siguen llamando. Y recorren un buen trecho del camino por donde han venido, pero ni rastro de su amiga.

Lily se lanza al lago para investigar en las profundidades. Nada, nada y nada, pero nada de nada. Emma corre arriba y abajo llamándola a voz en grito. Kat sobrevuela la zona, pero no está. ¿No está? ¿Qué es ese puntito veloz que se acerca por el camino?

—¡Allí está! —grita Kat desde las alturas.

Así es. Antes de que Kat ponga los pies en el suelo, Olivia llega a toda pastilla, dejando tras de sí una gran nube de polvo.

—¿Ya estáis despiertas? —pregunta como si nada.

—¿Se puede saber dónde estabas? —pregunta Emma bastante enfadada.

—He vuelto a Animal City —contesta Olivia tranquilamente.

—Pero... ¿para qué? —quiere saber Sophia.

—Para comprar cacahuetes, claro.

Las chicas hacen lo posible por no enfadarse aún más y emprenden de nuevo el viaje. En poco más de dos horas, el sol empieza a ocultarse y justo en ese momento las chicas llegan al **Bosque del Millón de Raíces**. Poco a poco, paso a paso, corteza a corteza, las cinco Supermask se adentran en el bosque.

—Ahora entiendo de dónde le viene el nombre a este bosque —asegura Kat sorteando las miles de raíces que surgen del suelo.

La poca luz del sol que quedaba antes de entrar en el bosque ya ha desaparecido casi por completo.

—Me temo que tendremos que pasar la noche aquí —dice Lily.

—Pero Miss Bífida nos ha dicho que ni se nos ocurra dormir en el bosque —contesta Sophia preocupada.

—También ha dicho que había un millón de raíces, y yo creo que se ha quedado un poco corta, ¿no? —comenta Kat.

—No pasa nada, chicas —dice Emma—. Yo creo que aquí, entre las muchíííísimas raíces, estaremos calentitas y resguardadas.

—Y a lo mejor son comestibles —contesta Olivia bromeando—. ¿No tenéis hambre?

Las chicas avanzan sorteando las gigantes raíces que encuentran a su paso. Al cabo de un

par de horas, todas excepto Olivia están exhaustas.

—¿Y si pasamos la noche aquí? —pregunta Kat mientras señala un pequeño claro repleto de raíces.

—¿No podríamos seguir un poco más? —sugiere la atrevida Emma—. A lo mejor dentro de poco salimos del bosque.

—No lo creo, Emma —contesta Lily observando las estrellas que puede ver desde el claro—. Si mis cálculos son correctos, falta bastante para llegar a la salida del bosque.

—Yo no estoy cansada —contesta Olivia muy, muy bajito.

Decidido. Las Supermask deciden parar y

pasar la noche en el bosque. ¿Qué puede pasar? ¿Que haga frío? Ningún problema. Llevan mantas térmicas. ¿Que venga algún animal salvaje? Kat es amiga de todos los animales voladores, Sophia es colega de los reptiles, Lily se lleva de fábula con todos los pececillos, Emma se lleva de perlas con los felinos y Olivia, con cualquier oso que pudiera aparecer…

Lo que no saben, ni siquiera Lily, es que, por la noche, las raíces del Bosque del Millón de Raíces cobran vida.

Y lo que tampoco saben es que si a algún insensato se le ocurre quedarse dormido entre las raíces durante la noche, al día siguiente formará parte del bosque **PARA SIEMPRE**.

7

Las Montañas de la Luna Creciente

—¡Socoooorro! —grita Lily al verse envuelta por las raíces.

—¡No puedo moverme! —exclama Sophia asustada.

—¡Me falta el aire! —grita Emma mientras se esfuerza por levantarse.

—¡Ayuda! ¡Ayuda! —grita Kat, que intenta salir volando, pero no puede.

Imposible huir. Las raíces del bosque las aprietan cada vez más. Por suerte, Olivia no está durmiendo. Lleva toda la noche saltando de copa en copa, jugando al escondite con búhos y ratoncillos, y por eso oye los gritos de auxilio de sus amigas.

Veloz como un rayo, la chica panda llega hasta sus amigas y, gracias a su fuerza, unida a la energía que le proporciona el Panda de Jade, consigue liberarlas.

—Ahora sí que me alegro de que tengas tanta energía, Olivia —le dice Kat abrazándola.

—¡Vaya fuerza! —exclama Emma.

—¡Alucinante! —dicen Sophia y Lily.

—De nada, chicas —contesta Olivia—. Lo que es alucinante de verdad es que estemos solo a cinco minutos de las Montañas de la Luna Cre-

ciente. Lo he descubierto hace un rato desde ahí arriba.

—¡¡¿Cincoooo minutos?!! —exclaman Sophia, Kat y Emma mientras dirigen una mirada de reproche a Lily.

—Mmmmh… eeeeh… Cualquiera puede equivocarse, ¿no? —se excusa incómoda.

Así es. En tan solo cinco minutos, las Supermask dejan el Bosque del Millón de Raíces y empiezan a subir la montaña.

—Por fin. Ya hemos llegado a las cuevas —dice Kat, que no puede con su alma.

—Ahora solo tenemos que atravesar la montaña, coger los desvíos de la derecha y en una hora estaremos en el otro lado —afirma Lily.

—Menos mal —dice Sophia—. Tengo unas ganas de cambiarme de ropa…

—Y yo quiero darme un buen baño y dormir una semana entera —contesta Emma.

La verdad es que la entrada de las cuevas no invita mucho a seguir adelante. A pocos metros reina una oscuridad total y enormes estalactitas cuelgan del techo, amenazantes como grandes colmillos de piedra.

Justo en la entrada, las chicas encienden las linternas que llevan en los aparatos de los antebrazos y avanzan sin miedo. Paso a paso se introducen en las entrañas de las Montañas de la Luna Creciente.

—Pues qué queréis que os diga —dice la valiente Emma—. Hemos estado en sitios peores...

—La verdad es que sí —contesta Kat sorteando un charco para no mojarse.

—¡Mirad, chicas! —exclama Sophia confundiéndose con la pared—. No me veis, ¿verdad?

—Me encanta cuando te confundes con las paredes, Sophia —dice Lily—. Solo se te ven los ojos.

La que no dice nada es Olivia. A lo mejor es porque es la única que no está cansada. O porque, al llevar la escultura del Panda de Jade, intuye algo que sus amigas no se imaginan.

—Chicas, ¿no notáis algo extraño? —pregunta Olivia.

—Estamos dentro de una montaña —contesta Kat—. Eso ya es bastante extraño, ¿no?

—Y unas raíces enormes han intentado asfixiarnos —añade Emma—. Yo diría que eso también es bastante extraño.

Por muy cansadas que estén, las Supermask todavía conservan el buen humor. Sin hacer mucho caso a las sensaciones de Olivia, continúan la marcha. Tras los primeros túneles, el camino las lleva por increíbles desfiladeros que descienden hasta la oscuridad más absoluta.

Siguen caminando con cuidado. Después del primer desfiladero pasan por unos túneles pequeñísimos que las obligan a avanzar a gatas, hasta que llegan a una cueva gigantesca llena de luces y colores.

—¡Es maravilloso! —exclama Emma.

—¿De dónde procede la luz? —pregunta Lily.

La luz no viene del exterior puesto que están en el corazón de la montaña. Los rayos dorados, las luces azules, blancas y rojas provienen de los minerales que cubren la inmensa cueva y que se reflejan en el lago.

—¡Es increíble! —exclama Kat—. Ahora entiendo por qué se llaman Montañas de la Luna Creciente.

Así es. El lago subterráneo tiene forma de luna creciente y brilla muchísimo a causa de los minerales y las piedras preciosas que se reflejan en él.

—¿Nos bañamos? —propone Olivia.

—¡Valeeee! —exclaman todas al unísono.

—Pero solo un momentito —dice la precavida Sophia—. Ya sabéis que...

—Síííí —contesta el resto riendo—, que ¡las chanclas no te hacen juego con el bañador!

—Pues no, listillas —contesta Sophia—. Iba a decir que tenemos un poquiiiito de prisa, ¿recordáis?

8

Una misión a prueba de... ¡escorpiones!

El baño en el lago es de lo más relajante. Nunca habían visto unas aguas tan cristalinas.

—Bueno, chicas —dice Kat al cabo de quince minutos—. ¿Nos vamos?

—Vámonos —contesta Sophia mientras recoge unas cuantas piedrecitas brillantes—. Cuando lleguemos, averiguaré qué tipo de piedras preciosas son.

—Bien pensado, Sophia —dice Emma—. A lo mejor podemos cosernos algunas en nuestros trajes. Quedarían genial, ¿no crees?

—¡De fábula! —contesta Sophia, entusiasmada con la idea de su amiga.

Al poco rato, emprenden de nuevo la marcha. La luminosidad del lago pronto deja paso de nuevo a la oscuridad de las cuevas estrechas y las cinco amigas vuelven a encender las linternas.

Olivia decide ir delante. Es la única que todavía tiene energía para abrir camino. Detrás va Lily, atenta a coger siempre el camino de la derecha. Después la sigue Emma, Sophia y, cerrando filas, Kat. Esta vez, el camino es cuesta arriba y las cinco amigas no tardan en distanciarse unas de otras.

—A ver, chicas —dice Emma en un momento dado—, lo más importante es que no nos separemos, ¿de acuerdo?

—¡De acuerdo! —contestan a coro Olivia, Lily y Sophia.

Kat no contesta.

—¿De acuerdo, Kat? —insiste Emma.

Kat no contesta. Y no contesta porque ha desaparecido.

—¡Kaaaat! —gritan sus compañeras, pero nada. Insisten—: ¡Kaaaat!

Nadie responde. Sophia deshace el camino, pero no hay ni rastro de ella. Olivia, Emma y Lily buscan por todas partes, pero es imposible ver nada.

—Está bien —dice Emma—, quizás haya cogido otro camino. Será mejor que sigamos. Sophia, no te separes.

Pero Sophia tampoco contesta.

—¿Sophia? —insiste Emma.

Nada. Definitivamente, la chica camaleón también **HA DESAPARECIDO.**

—Se puede saber qué...

Justo cuando Olivia está pronunciando estas palabras, una gran red cae sobre ellas desde el techo de la cueva y atrapa a Lily y a Emma. Olivia, todavía con la fuerza y los reflejos a tope, logra esquivarla, pero resbala y se queda colgando de una piedra, lejos de sus amigas.

«¿Y ahora qué?», piensa la chica panda. Pero de golpe alguien aparece de entre las sombras con sus amigas atrapadas en una red.

—¿Quién eres? —pregunta Olivia, que ha conseguido deshacerse de la red.

—¿No me conoces? —responde el extraño.

—No —asegura Olivia muy seria.

—Y esto, ¿lo conoces? —dice el desconocido mostrando el dibujo de un escorpión dibujado en su traje.

—¿Kran? —pregunta Olivia.

—Exacto —dice Kran—. Habéis caído en mi trampa.

Y se ríe a carcajadas. Kran aprovecha la situación para recoger el Panda de Jade que Olivia ha tenido que soltar para poder agarrarse a las rocas. En un instante, desaparece como por arte de magia, llevándose consigo la figura y a las cuatro Supermask atrapadas en la red. ¿Cómo es posible que tenga tanta fuerza?

Olivia no tarda ni dos segundos en reaccionar. Rápida como un rayo intenta averiguar por dónde se ha ido el malvado Kran con sus amigas. Hacia abajo, imposible. Hacia el techo, todavía menos. Hacia atrás, ni hablar. Hacia delante, entonces. ¡RÁPIDO!

Al principio le resulta muy fácil seguirle la pista, porque el barro delata las huellas de Kran, pero después resulta más difícil porque el suelo vuelve a ser de roca y el sendero se bifurca en tres caminos que llevan a tres cuevas.

—¿Cuál será la correcta? —se pregunta Olivia iluminando los tres caminos con su linterna.

En la entrada de la cueva de la derecha, oscuridad total. En la entrada de la del centro, oscuridad total. En la entrada de la de la izquierda, oscuri...

—¿Qué es eso que brilla en el suelo? —murmura Olivia intuyendo la respuesta—. ¡Bravo, Sophia!

¡Exacto! Sophia ya no podrá saber qué tipo de piedras son las que ha cogido en el Lago de la Luna Creciente ni podrá incorporarlas a sus trajes, pero su rastro lleva a Olivia hasta el escondite de Kran.

Las cuatro Supermask están atrapadas dentro de la red en una pequeña cueva. A la derecha, un par de antorchas iluminan los cientos de murciélagos dormidos que cuelgan del techo. A la izquierda, una gran grieta se abre hacia las profundidades de la montaña. En el centro ve el Panda de Jade.

—¿Y Kran? —se pregunta Olivia en voz alta—. ¿Dónde se ha metido?

—¿Me buscabas? —dice una voz a sus espaldas.

A partir de ese momento todo va muy rápido. Tanto que a las cuatro Supermask capturadas les resulta casi imposible ver lo que ocurre.

9

Olivia al rescate

Kran se lanza sobre Olivia con rapidez, pero la chica panda logra esquivarlo trepando por una de las paredes de la cueva.

—¡No sabes con quién estás jugando, mocosa! —grita Kran enfadadísimo.

—Déjame probar —responde Olivia burlándose de él—. ¿Kran, el patán?

¡Uy, lo que ha dicho! El malvado escorpión se

enfada todavía más y se lanza contra ella, pero Olivia es mucho más rápida y sigue bromeando.

—¿Kran, cara de pan? —se burla, agarrándose a una roca—. ¿Kran, el cruasán? ¿Kran...?

¡Oh, no! Concentrada en buscar una palabra que rime con Kran, Olivia se despista y no logra llegar al saliente que quería. Cae al suelo de la cueva, rebota sobre sus amigas prisioneras y sale disparada hacia la grieta que se abre en la profundidad de la cueva. Por suerte, se agarra a tiempo a una pequeña roca y evita caer al vacío.

Kran se acerca hacia el lugar en el que está la chica panda y dice:

—Con que patán, cruasán y cara de pan, ¿verdad? ¿No se te ha ocurrido nada más original?

—¿Kran, mazapán? —sigue bromeando Olivia mientras piensa cómo salir de la situación.

Pero no tiene que pensar mucho. Kran ha perdido los nervios y se dispone a pisar la mano de Olivia. Justo en ese momento, Kat, que ha conseguido escapar de la red, alza el vuelo y consigue despistarlo. La chica panda aprovecha la situación para agarrar el pie de Kran y desequilibrarlo.

Ahora ya son dos los que cuelgan en el abismo.

—¡¿Cómo te atreves?! —grita Kran agarrándose a las rocas.

Kran, rojo de rabia, intenta coger a Olivia, pero lo único que consigue es desequilibrarse y caer al vacío.

—¡Noooo!

El malvado escorpión rebota entre las paredes de la gran grieta a ritmo de «au», «ay», «plaf» y, finalmente, se oye un lejano «¡Nos volveremos a veeeer, Supermaaaask!».

Después, reina el silencio.

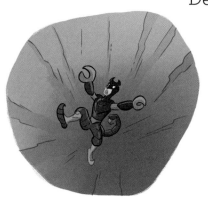

Olivia consigue subir y, junto a Kat, libera a sus amigas.

—¿Estáis bien? —les pregunta.

—¿Que si estamos bien? —responde Emma—. ¿Y tú? ¿Te ha hecho daño?

—¡Qué va! —ríe Olivia—. Seguro que él está peor.

El abrazo de las cinco amigas es de esos que nunca se olvidan. Gracias a las piedras brillantes, las Supermask dan con el camino adecuado y consiguen salir de la montaña.

La luz del sol las deslumbra, pero en un par de segundos observan un paisaje increíble. Ante ellas se extiende un prado verde que parece no tener fin. Y justo en el centro se erige un gran palacio, también verde, brillante como las estrellas.

—¡El Palacio de Jade! —exclama Lily.

La única que no está muy contenta es Olivia. Llegar al palacio significa devolver el panda. Y devolver el panda significa no más energía infinita.

—Te entiendo —le dice Emma a su amiga—, pero...

—¡Podrás dormir todo lo que quieras! —responden el resto de las Supermask.

—Visto así... Ya ni me acuerdo de lo que es dormir.

Al poco rato, las chicas llegan al Palacio de Jade y devuelven el panda a sus propietarios, los monjes. Allí tampoco saben por qué Kran lo robó y lo llevó a la PETS, pero tampoco les importa mucho. Ahora la famosa escultura vuelve a estar donde tiene que estar.

Las siguientes horas las cinco Supermask las aprovechan para comer, dormir y visitar el Palacio de Jade. El interior es tan espectacular, o más, que el exterior. Miren donde miren, infinitos tonos de verde se extienden ante ellas. Solo los monjes, que visten sencillas túnicas blancas, parecen no sorprenderse ante tanta belleza.

—Son un poco aburridos, ¿no? —le comenta Kat a Sophia.

—¿Aburridos? —pregunta Sophia mirando desde una ventana el patio interior del palacio.

Allí, un grupo de monjes corre, salta, vuela y practica todo tipo de artes marciales.

—¡Vaya! —exclama Kat—. Lo retiro.

Mientras Kat, Sophia, Emma y Lily deambulan por el palacio, Olivia prefiere visitar la sala donde guardan la famosa escultura del panda y, acercándose a ella, le susurra:

—Nos lo hemos pasado superbién, ¿verdad?

Por fin de vuelta

A la mañana siguiente, Kat, Emma, Lily, Olivia y Sophia se despiden de los simpáticos monjes y emprenden el viaje de vuelta. Las cuevas de la montaña, antes temidas y desconocidas, les resultan ahora familiares y casi divertidas.

—¿Y si nos encontramos otra vez a Kran? —pregunta Sophia.

—No creo —responde Emma—. Ese agujero era muy, pero que muy profundo. ¿Tú qué crees, Olivia?

Pero Olivia no dice ni mu. La chica panda empieza ya a notar los efectos de estar alejada del poderoso Panda de Jade, y cada vez está más cansada.

Al salir de las Montañas de la Luna Creciente, las Supermask atraviesan el Bosque del Millón de Raíces sin ningún problema.

—¡Mirad! —dice Kat al cabo de un rato—. ¡El Lago Encantado!

Como no podía ser de otra manera, las chicas vuelven a bañarse y Sophia les hace prometer que no dirán nada a nadie de sus chanclas.

—¡Olivia! ¿No te bañas? —le pregunta Lily desde el agua.

Pero Olivia no se baña. Con un solo gesto les dice a sus amigas que no, que pasa, que ya no puede más y que quiere llegar lo antes posible a Animal City.

Dicho y hecho. Las Supermask dejan el lago atrás y caminan ahora a muy buen ritmo. A media tarde, cruzan el puente de piedra y ya divisan las primeras casas de la ciudad.

Kat, Emma, Sophia, Lily y Olivia enfilan la Gran Avenida y les cuesta creer que en la ciudad no sepan nada de su increíble aventura.

—Parece que haya pasado mucho más tiempo, ¿verdad? —comenta Emma a sus amigas.

En Animal City todo ha seguido su ritmo: los alumnos han ido a clase, las tiendas han abierto como siempre... Cada uno, con su superpoder de animal, hace lo que acostumbra cuando no está ocupado, por ejemplo, devolviendo un Panda de Jade a un palacio lejano.

La subida por la Gran Avenida se les hace eterna. Ahora sí que están agotadas. Cuando llegan, una gran comitiva está esperando a las cinco amigas.

Todos los profesores, excepto Lady Búho de Nieve, que duerme como un tronco desde que el Panda de Jade abandonó la escuela, las están esperando; también los alumnos, que aplauden orgullosos a las cinco Supermask en cuanto atraviesan la puerta del patio.

—¿Cómo sabíais que veníamos? —pregunta Olivia sorprendida.

—Los peces del lago y las aves de los bosques hace horas que han venido a decírnoslo —contesta su tutora, Miss Colibrí—. ¿Habéis tenido algún problema?

—Nada grave —contesta Emma mintiendo un poco.

—¿Algún rasssstro de Kran? —pregunta Miss Bífida.

—Todo era un plan ideado por él. Se escapó por los pelos —contesta Sophia.

A continuación, las cinco Supermask son conducidas al centro del Gran Patio, donde alumnos y maestros improvisan una divertida felicitación:

—¡Un aplauso para Kat, la chica libélula! —dice Miss Colibrí a todos los presentes.

—¡Un aplausssso para Emma, la chica guepardo! —continúa Miss Bífida.

—¡Un aplauso para Sophia camaleón! —grita Mr Jotas.

—¡Un aplauso para Lily, la chica delfín! —sigue Lady Búho de Nieve, que se ha despertado para la ocasión.

—¡Y un gran, un grandísimo, un SUPER-APLAUSO para Olivia, la chica panda! —gritan las cuatro Supermask mientras abrazan a su amiga.

—Gracias, muchas gracias —dice Sophia emocionada—. Pero ahora, ¿COMEMOS O DORMIMOS?

Todos se ríen. Sophia, por fin, ha vuelto a la normalidad.

Aunque ahora, claro, sus compañeros quieren conocer hasta el más mínimo detalle de su aventura. Kelly avispa y Kim pavo real les preguntan cómo es el interior de las Montañas de la Luna Creciente. Katia la gata les pregunta sobre el Lago Encantado. Y Zack, el compañero de las Supermask con poderes de zorro, le pregunta a Emma si el Palacio de Jade es tan hermoso y enigmático como sus hermosos y enigmáticos ojos.

Cuando todos se dan por satisfechos con sus preguntas, las cosas vuelven a la normalidad.

Sophia corre a la habitación para, por fin, cambiarse de ropa. Lily se va al laboratorio para averiguar qué tipo de piedras preciosas son las que todavía conservaba Sophia. Kat y Emma escriben su aventura en el diario secreto de las Supermask. Bueno, Emma no escribe mucho porque piensa en eso tan bonito que le ha dicho Zack. Y Olivia... ¿dónde está Olivia?

Olivia hace rato que se ha quedado dormida, de pie, en la Gran Sala Blanca. La chica panda seguro que ya no se despierta en un par de días y, seguro, seguro, que a partir de ahora volverá a llegar tarde cada día a las clases de Miss Bífida.

SUPERMASK

KAT

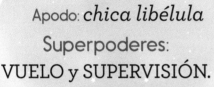

Apodo: *chica libélula*

Superpoderes:
VUELO y SUPERVISIÓN.

Le GUSTA: curiosearlo todo
y documentarse en internet.
NO le gusta: esperar.

Punto fuerte: es sincera y leal.
COLOR preferido: AZUL.

Día de la semana preferido:
miércoles, porque es el día que
practica vuelo con piruetas.

Frase preferida:
«¿Lo investigamos?».

Su sueño: sobrevolar el desfiladero
del DESIERTO ROJO.

Su secreto:
escribe un
diario.

lily

Apodo: *chica delfín*

Superpoderes: SUPERBUCEO y COMUNICACIÓN con los ANIMALES ACUÁTICOS.

Le GUSTA: viajar y aprender COSAS NUEVAS.

NO le gusta: que haya tantos libros que no ha leído.

Punto fuerte: es muy LISTA y le interesa todo.

COLOR preferido: ROSA.

Día de la semana preferido: lunes, porque en la semana que empieza pueden pasar cosas maravillosas.

Frase preferida: «He leído en un libro que...».

Su sueño: visitar la famosa BIBLIOTECA de la CIUDAD PERDIDA.

Su secreto: apunta en una libreta todas las especies de animales submarinos con los que ha HABLADO alguna vez.

OLIVIA

Apodo: *chica panda*

Superpoderes:
SUPERFUERZA y dormir en cualquier posición.

Le GUSTA: ¡DORMIR, DORMIR
y DORMIR!

NO le gusta: llegar tarde, aunque
le pasa a menudo...

Punto fuerte: es muy bromista y siempre
está de buen humor (cuando no duerme, claro).

COLOR preferido: AMARILLO.

Día de la semana preferido: domingo,
porque generalmente puede levantarse
tarde, echarse una siesta después de
desayunar y otra después de comer. :)

Frase preferida:
«¿Comemos o dormimos?».

Su sueño: ir de vacaciones al
PALACIO DE JADE.

Su secreto:
esconde frutos secos
y golosinas.

EMMA

Apodo: *chica guepardo*

Superpoderes:
SUPERVELOCIDAD y SALTO.

Le GUSTA: el deporte y los
DESAYUNOS SANOS.

NO le gusta: pasar más de un día
sin correr o practicar algún deporte.

Punto fuerte: está dispuesta a todo
para ayudar a sus amigas.

COLOR preferido: LILA.

Día de la semana preferido: SÁBADO, porque
puede seguir los partidos de sus deportes favoritos.

Frase preferida: «Si quieres, puedes».

Su sueño: participar en las OLIMPIADAS.

Su secreto: duerme
con su peluche de la
infancia.

SOPHIA

Apodo: *chica camaleón*

Superpoderes:
SUPERCAMUFLAJE y ESTILO.

Le GUSTA: LA MODA.

NO le gusta: destacar, por eso odia cambiar de color cuando se pone nerviosa.

Punto fuerte: es prudente y responsable.

COLOR preferido: VERDE
(¡combina genial con su color de pelo!).

Día de la semana preferido: JUEVES,
porque es cuando tiene tiempo para leer la revista de moda que más le gusta.

Frase preferida: «¡Me encanta tu estilo!».

Su sueño: convertirse en
DISEÑADORA DE MODA.

Su secreto: cuando necesita relajarse, ordena todos sus lápices de colores empezando por el que más le gusta y acabando por el que menos.

No te pierdas las aventuras de las heroínas con los poderes más animales

SOPHiA   EMMA   OLiViA